Helmut Stelljes

Worpswede, Worpswede, Du liegst mir immer im Sinn

Fotoreigen mit Texten von Paula Modersohn-Becker

Schünemann

Satz- und Buchgestaltung: Schünemann Verlag
Produktion: Druckerei Asendorf, Bremen

Printed in Germany

ISBN 978-3-7961-1893-7

Vorwort

Über ihren ersten Aufenthalt in Worpswede berichtet Paula Becker, sie ist 21 Jahre alt, ausführlich am 24. Juli 1897 im Tagebuch. Bereits ein Jahr danach wird sie sesshaft im Dorfe am Rande des Teufelsmoores, denn am 7. September 1898 teilt Paula Becker ihrer Tante Cora mit: »Meine Adresse: bei Frau Siem, Worpswede bei Bremen«. Aus den Aufzeichnungen Paulas vom 2. Juli 1900 erfahren wir dann, dass die junge Malerin ihre Unterkunft in Worpswede gewechselt hat: »Ich wohne jetzt bei Brünjes in Ostendorf, schön in der Stille. Da versuche ich alles Eitle, was die Großstadt mit sich brachte, abzustreifen ...« Paula Becker erwähnt hier ihr Atelier, von dem sie Rainer Maria Rilke am 5. April 1907 mitteilt: »Dies ist für mich die liebste Stube aus meinem ganzen Leben«.

Der vorliegende »Fotoreigen mit Texten von Paula Modersohn-Becker« trägt seinen Titel nach einer Tagebucheintragung der Künstlerin vom 24. Juli 1897 »Worpswede, Worpswede, Du liegst mir immer im Sinn«. Die verwerteten Brief- und Tagebuchtexte sind in ihrer originalen Schreibweise und Zeichensetzung beibehalten und nicht verändert worden.

Annähernd zehn Jahre, bis zu ihrem frühen Tod, bleibt Paula Modersohn-Becker mit dem Künstlerdorf Worpswede verbunden. Dieser Zeitraum wird durch zahlreiche Reisen unterbrochen, in deren Mittelpunkt immer wieder die Besuche von Museen und die Besichtigung aktueller Ausstellungen stehen. Die Künstlerin richtet ihre passionierte Aufmerksamkeit auf eine intensive Auseinandersetzung mit der richtungsweisenden Kunst ihrer Zeit.
Nach 1900 fährt die Malerin insgesamt viermal nach Paris. Um in der Kunstmetropole ihren künstlerischen Weg fortführen zu können, reift dann 1906 bei Paula Modersohn-Becker der selbstbewusste Gedanke und mutige Plan, Worpswede endgültig zu verlassen.
Am 23. Februar 1906, einen Tag nach dem Geburtstag von Otto Modersohn, verlässt die Malerin das Künstlerdorf und notiert in ihrem Tagebuch: »Nun habe ich Otto Modersohn verlassen und stehe zwischen meinem alten Leben und meinem neuen Leben. Wie das neue wohl wird?« Am 9. April 1906 heißt es dann: »Ich muß nun einige Zeit in der Welt bleiben, werde geprüft und kann mich selber prüfen«. In Paris will die beharrlich suchende Künstlerin zu sich selbst kommen und im Grunde frei sein von der Rücksichtnahme auf andere.

Mitte April 1906 kommt es in Paris zwischen Paula Modersohn-Becker und dem Bildhauer Bernhard Hoetger zu ersten Begegnungen. Bernhard Hoetger hat durch seine lobenden Kommentare und seine bekräftigenden Urteile zu dem künstlerischen Schaffen der Malerin außerordentlich belebend auf Paula Modersohn-Becker eingewirkt und sie nachhaltig ermuntert, sich selbst treu zu bleiben. Am 5.Mai 1906 schreibt Paula Modersohn-Becker an Bernhard Hoetger: »Daß Sie an mich glauben, das ist der schönste Glaube von der ganzen Welt, ... Sie haben mir Wunderbarstes gegeben. ... Ich habe Mut bekommen. ... Ich fange jetzt auch an zu glauben, daß etwas aus mir wird «.
Bernhard Hoetger ist es vor allem gewesen, der Paula geraten hat, ihre Absicht zurückzunehmen, ihren Ehemann zu verlassen. Aus Paris schreibt sie am 9. September 1906 an Otto: »Wenn Du mich überhaupt noch nicht aufgegeben hast, so komme bald her, daß wir uns versuchen wieder zu finden«. Am 10. März 1907 teilt Paula Modersohn-Becker dann Rainer Maria Rilke kurz mit: »Ich werde wieder nach Worpswede gehen. Hoffentlich ist alles gut so. «In dieser Zeit erreicht Mathilde Becker in Bremen die Botschaft, dass Paula im Herbst ein Kind erwarte: »Vielleicht wirst Du im Oktober schon wieder Großmutter. Ich küsse Dich«, schreibt Paula am 9. März 1907 aus Paris an ihre Mutter.

Der »Fotoreigen mit Texten von Paula Modersohn-Becker« soll den Leser zu den einzelnen Lebensstationen und Aufenthalten der Malerin in Worpswede und im Teufelsmoor führen.
Besucher der Worpsweder Landschaft: Wie nehmen sie sich selber wahr? Paula Becker hatte ihre erste Begegnung mit dem Dorf, mit den Künstlern, mit dem Teufelsmoor, mit den Menschen, mit dem Licht und den Farben erregend »ein Wunderland, ein Götterland« genannt. Die Worpsweder Landschaft führte sie zu radikalen Neuschöpfungen, zu Autonomie von Licht und Farbe.
Die Fotografien sollen erneut zurückführen zu dem ursprünglichen Beweggrund des Blickes Paulas auf Worpswede. Die spannungsreiche Gleichzeitigkeit von Nähe und Ferne des Dorfes und der Worpsweder Landschaft mag der Betrachter des »Fotoreigens« spüren, er mag sich selbst von der Anziehungskraft des Ortes aufgefordert fühlen, sich und sein Empfinden wahrzunehmen und zu erleben. Hier sollen die Fotos nicht allein abbilden, sie sollen die Stille herstellen und den offenen Blick für das Phänomen Worpswede wecken.

Wenn es heute möglich ist, die Stille im Anblick der Landschaft Worpswedes nachzuvollziehen, dann ermöglicht dieses Innehalten eine Brücke vom Ort zu seinen Besuchern und zugleich von ihnen zurück zu dem Motiv, aus dem Paula-Becker ihre Wirklichkeit schuf. Die Fotografien haben insofern im Verhältnis zu Paula Modersohn-Becker zunächst ein bescheidenes Ziel, nämlich zu einer Selbstaneignung Worpswedes anzustiften. Das Geheimnis der Landschaft und das Mysterium der Künstlerin bleiben.

Paula Modersohn-Becker lebte in Worpswede, sie lebte in Paris, und zugleich vollendete sie sich in beiden Orten autark, bei gleichzeitig weitreichender Kenntnis der bis heute gültigen Avantgarde. Sie hatte den Mut, selbstständig und in der fast vollkommenen Vereinsamung ihres künstlerischen Weges, zu einer europäischen Malerei zu finden.

Für die Zeit in Worpswede hatte Paula Modersohn-Becker bereits am 21.September 1899 ihrer Schwester Milly vorausschauend anvertraut: »Ich verlebe jetzt eine seltsame Zeit. Vielleicht die ernsteste meines kurzen Lebens. Ich sehe, daß meine Ziele sich mehr und mehr von den Euren entfernen werden, daß ihr sie weniger und weniger billigen werdet«.

Die intensive Beschäftigung mit Paula Modersohn-Becker übertrug auf den Fotografen zuletzt eine nicht Ruhe gebende Sehnsucht, selber loszugehen, mit den Texten aus den Briefen und Tagebuchblättern im Kopf, um die Landschaft Worpswedes zu erforschen. Gelungene Fotos wären dann die, auf denen auch zu sehen ist, was Worpswede vordergründig nicht liefert, was sich erst durch die Fotografie erschließen lässt. Im Gedenkjahr zu Paula Modersohn-Becker will die Dokumentation motivieren, das Schauen wahrzunehmen: »Worpswede, Worpswede, Du liegst mir immer im Sinn«.

Helmut Stelljes

Versunkene-Glocke-Stimmung

Tagebuch

Worpswede, Worpswede, Worpswede! Versunkene-Glocke-Stimmung! Birken, Birken, Kiefern und alte Weiden. Schönes braunes Moor, köstliches Braun! Die Kanäle mit den schwarzen Spiegelungen, asphaltschwarz. Die Hamme mit ihren dunkeln Segeln, es ist ein Wunderland, ein Götterland. Ich habe Mitleid mit diesem schönen Stück Erde, seine Bewohner wissen nicht, wie schön es ist. Man sagt es ihnen, sie verstehen es nicht. Und doch braucht man kein Mitleid zu haben, nein, ich habe keins. Nein, Paula Becker, hab es lieber mit Dir, daß Du nicht hier lebst. Und das auch nicht. Du lebst ja überhaupt, Du Glückliche, lebst intensiv, das heißt: Du malst. Ja, wenn das Malen nicht wäre?! Und weshalb Mitleid haben mit diesem Land? Es sind ja Männer da, Maler, die ihm Treue geschworen haben, die an ihm hängen mit unendlicher, fester Männerliebe!

Tagebuch

Da ist erst Mackensen, der Mann mit den goldenen Medaillen in den Kunstausstellungen. Er malt Charakterbilder von Land und Leuten, je charakteristischer der Kopf, desto interessanter. Er versteht den Bauern durch und durch. Er kennt seine guten Seiten, er kennt sie alle, er kennt auch seine Schwächen. Mir deucht, er könnte ihn nicht so gut verstehen, wäre er nicht selbst in kleinen Verhältnissen aufgewachsen. Es klingt hart von mir, grausam hart, es liegt ein großer Dünkel darin, und doch muß ich es sagen. Dies »In kleinen Verhältnissen Aufgewachsensein« ... ist sein Fehler, für den er ja selbst nichts kann. ... Das Große, Unbefangene, das unabhängig Stürmende, das Stück Prometheus, das titanenhaft Kräftige im Manne, die Urkraft, die geht verloren. Ist das nicht hart? ... So ist es auch bei Mackensen. Er ist ein famoser Mann, geklärt in jeder Beziehung, steinhart und energisch, zärtlich weich zu seiner Mutter. Doch das Große, das unsagbar Große, das ist verloren gegangen. Im Leben nicht, in der Kunst. Schade, schade.

Tagebuch

Der zweite im Reigen ist der kleine Vogeler, ein reizender Kerl, ein Glückspilz. Das ist mein ganzer Liebling. Er ist nicht so ein Wirklichkeitsmensch wie Mackensen, er lebt in einer Welt für sich. Er führt bei sich in der Tasche Walther von der Vogelweide und »Des Knaben Wunderhorn«. Darin liest er fast täglich. Er träumt darin täglich. Er liest jedes Werk so intensiv, den Sinn des Wortes so träumend, daß er das Wort selbst vergißt. So kommt es, daß er trotz des vielen Lesens keins der Gedichte auswendig weiß. Im Atelier in der Ecke steht seine Gitarre. Darauf spielt er verliebte alte Weisen. Dann ist er gar zu hübsch anzusehen, dann träumt er mit seinen großen Augen Musik. Seine Bilder haben für mich etwas Rührendes. Er hat sich die altdeutschen Meister zum Vorbild genommen. Er ist ganz streng, steif streng in der Form. Sein Frühlingsbild: Birken, zarte, junge Birken mit einem Mädchen dazwischen, die Frühling träumt. Sie ist sehr steif, fast häßlich. Und doch ist es für mich etwas Rührendes, zu sehen, wie dieser junge Kerl seine drängenden Frühlingsträume in diese gemessene Form kleidet. Das strenge Profil des Mädchens schaut sinnend einem kleinen Vogel zu; fast ist es eines Mannes Sinnen, fast wäre es eins, wenn es nicht wieder so etwas Gehaltenes, Träumendes in sich hätte. Das ist der kleine Vogeler. Ist er nicht reizend?

Tagebuch

Worpswede, Worpswede, Du liegst mir immer im Sinn. Das war Stimmung bis in die kleinste Fingerspitze. Deine mächtigen großartigen Kiefern! Meine Männer nenne ich sie, breit, knorrig und wuchtig und groß, und doch mit den feinen, feinen Fühlfäden und Nerven drin. So denke ich mir eine Idealkünstlergestalt. Und Deine Birken, die zarten, schlanken Jungfrauen, die das Auge erfreuen. Mit jener schlappen, träumerischen Grazie, als ob ihnen das Leben noch nicht aufgegangen sei. Sie sind so einschmeichelnd, man muß sich ihnen hingeben, man kann nicht widerstehen. Einige sind auch schon ganz männlich kühn, mit starkem, geradem Stamm. Das sind meine »modernen Frauen« ... Und ihr Weiden, ihr alten knorrigen Stämme, mit den silbrigen Blättern. Ihr rauscht so geheimnisvoll und erzählt von vergangener Zeit.
Ihr seid meine alten Männer mit den silbrigen Bärten; ja, ich habe Gesellschaft genug, meine ganz eigene Gesellschaft, wir verstehen uns gegenseitig sehr gut und nicken uns oft liebe Antwort zu.
Leben! Leben! Leben!

An die Eltern

Heute morgen hatte ich mir vorgenommen, meinen Pinsel ruhen zu lassen. Ich schnürte den Rucksack und packte mein Mittagessen und Goethes Gedichte ein und wanderte ins Moor, an einsam von Kiefern umstandenen Bauernhöfen vorüber, durch die unglaublich grünen Hammewiesen, durch rote Heide, an schlanken nickenden Birken vorbei. Wo es am schönsten war, legte ich mich nieder und schaute in die Wolken, dann schlief ich einmal, dann wanderte ich wieder ein Stückchen. In mir klang es voll froher Lieder, es war so friedlich in mir und um mich her.
Als ich heimkehrte, begann ich draußen zu malen, aber der Himmel machte mir einen Strich durch die Rechnung und schickte gewaltigen Regen. Da beschlossen wir, zu Hans am Ende zu gehen, den wir bis jetzt nur flüchtig sahen.
Er zeigte uns viele seiner Skizzen und vorzügliche Radierungen.

An die Eltern

Ihr Lieben!
Ich bin glücklich, glücklich, glücklich.
Nur ein paar Zeilen, Euch dies zu melden, denn es schlägt zehn Uhr. Früher konnte ich mich draußen nicht vom Monde trennen. Gestern und heute malten wir in Südwede an einem ganz blauen Kanal. Am Abend stakten uns die drei Vogeler-Brüder auf der Hamme. In der Dämmerung leuchteten die saftigen Hammewiesen. Dann zogen von Zeit zu Zeit diese ernsten schwarzen Segel mit ihrem unbeweglichen Steuermann vorüber. Dann kam ganz leise der Mond. Ich dachte an Euch und dann wieder gar nichts, sondern fühlte bloß.

Heute machten wir eine Expedition nach Schlußdorf. Man hielt dort Missionsfeier unter freiem Himmel. Man sah viel feine Männerköpfe, aber die Frauen waren häßlich in ihrer bunten städtischen Kleidung. Dennoch erinnerte das Ganze an Mackensens »Heidepredigt«.

Mein erster Abend in Worpswede

An Cora von Bültzingslöwen

Meine liebe Tante Cora,
Mein erster Abend in Worpswede. In meinem Herzen Seligkeit und Frieden. Um mich herum die köstliche Abendstille und die vom Heu durchschwängerte Luft. Über mir der klare Sternenhimmel. Da zieht so süße Seelenruhe ins Gemüt und nimmt sanft Besitz von jeder Faser des ganzen Seins und Wesens. Und man giebt sich ihr hin, der großen Natur, voll und ganz und ohne Vorbehalt. Und sagt mit offenen Armen: »Nimm mich hin«. Und sie nimmt uns und durchsonnt uns mit ihrem Übermaß voll Liebe, daß solch ein kleines Menschenkind ganz vergißt, daß es von Asche sei, daß es zu Asche werde. – Heute morgen bin ich hier hinaus gewandert mit Kurt durch das nebelige Land, die grünen Wiesen und leuchtenden Rapsfeldern. Und die Landschaft ward immer »Worpswedischer«; da kamen die blanken Kanäle, in denen der Himmel blau wiederlachte, mit den schwarzen Torfschiffen, die lautlos dahinglitten. Und schließlich kam die braune Heide, mit fröhlichen, blitzenden Birken dazwischen, ein sonderbar Gemisch von Schwermut und Leichtsinn. Unter freiem Himmel hatten wir ein lustiges Picknick.
Dann ging es wieder hinein tief in das Moor. Wieder an blanken Kanälen entlang, an lachenden Birken vorbei.
Ich genieße mein Leben mit jedem Atemzug und in der Ferne glüht, leuchtet Paris. Ich glaube wirklich, daß mein stillster, sehnlichster Wunsch sich verwirklichen wird.

Ich wandle morgens und nachmittags

An die Eltern

(Ich) wandle getreulich morgens und nachmittags zu meiner Mutter Schröder ins Armenhaus. Es sind ganz eigenartige Stunden, die ich dort verbringe. Mit diesem steinalten Mütterlein sitze ich in einem großen grauen Saale. Unser Gespräch verläuft ungefähr so. Sie: »Jo, kommt Se morgen wedder?« Ich: »Ja, Mudder, wenn Se´s recht is?« Sie: »Djo, is mir einerlei.« Nach einer halben Stunde beginnt dies tiefsinnige Gespräch von neuem. Dazwischen kommen aber höchst interessante Episoden. Dann hat die Alte eine Art von Halluzination. Dann beginnt sie irgendwelche Jugendbilder zu erzählen. Aber so dramatisch in Rede und Widerrede, mit verschiedenem Tonfall, daß es eine Lust ist, zuzuhören. Man möchte alles gleich zu Papier bringen. Leider verstehe ich nicht alles. Und fragen darf man nicht, sonst kommt sie aus dem Konzept und kehrt in ihr Jammerdasein zurück.

Ich ging durch das dunkle Dorf

Ich ging durch das dunkle Dorf. Schwarz lag die Welt um mich her, tiefschwarz. Es war, als ob mich die Dunkelheit berührte, mich küßte und streichelte. Ich war in einer andern Welt und ich fühlte mich selig da, wo ich war. Denn es war schön. Und ich kam wieder zu mir und war froh, denn hier war es auch schön und dunkel und weich, wie ein lieber, großer Mensch. Und die Lichtlein leuchteten in den Häusern und lachten hinaus auf die Straße und mir zu. Und in mir lachte es wider, hell und freudig und dankbar. Ich lebe.
Mein Modell, der alte Jan Köster, sagte heute, nachdem er drei Stunden stillgesessen hatte, in ironischem Ton: »So, dat Sitten is `ne Lust. Min Arsch is ganz blind.« Der alte von Bredow aus dem Armenhaus, der hat ein Leben hinter sich! Jetzt lebt er im Armenhause und hütet die Kuh. Sein Bruder wollte ihn vor Jahren in die ordentliche gesetzte Welt bringen. Aber der Alte hat seine Kuh und sein Träumen so lieb gewonnen. Davon läßt er nicht mehr. Jetzt hält er die Kuh am Gängelbande, geht mit ihr auf der gelbgrauen Wiese, gibt ihr bei jedem Schritt eins mit der Gerte und philosophiert. Er hat studiert. Dann war er Totengräber während der Cholera in Hamburg. Dann wieder sechs Jahre Matrose, hat überhaupt wohl doll gelebt, ergab sich dem Trunke, um zu vergessen und hat nun im Armenhause Abendfrieden. Er erfreut sich auch eines gewissen Ansehens im Armenhause, gilt als eine Art heimlicher Millionär. Die alten Weiblein vertrauen mir heimlich mit scheuer Ehrfurcht: »O Fräulein, de ist reich!!!«

Heute zeichnete ich ein zehnjähriges Mägdlein aus dem Armenhaus. Seit acht Jahren ist sie da, sie und ihre kleine Schwester. Sie hat vier Hausväter erlebt, spielt mit dem kleinen Karl des jetzigen, der sie sehr liebt. »Und wenn ich Kinder hätte, könnte sie mit denen auch spielen.« Sie kann nicht hören, wenn eins Schläge kriegt, dann läuft sie hinaus in den Garten. »Nachsagen« tut sie auch nicht, nur wenn Meta Tietjen ihr die Strickstöcke wegnimmt, »dat geiht jo nich«, oder wenn sie sagt, daß die aus dem Armenhaus Läuse hätten, und sie sind doch immer so reinlich gekleidet. Und sie könnte so froh sein, daß sie als kleines Kind ins Armenhaus gekommen ist, da wüßte sie von nichts von. Sie hätte es so gut, sagt sie mit strahlendem Gesichtlein. Mit wie wenig ein gutes Herz doch zufrieden ist.

Und wie gut habe ich es dagegen. Heute ist mir ein großes Fenster in die Wand gebrochen. Nun ist es Licht in meinem grün blauen Stübchen. Allmählich wird alles geregelt. Das anregende Neue wird zur süßen Gewohnheit und in mir wohnet stiller Frieden. Das ist, glaube ich, die Stimmung, in der ich arbeiten und lernen kann. Mackensen kommt alle paar Tage und gibt eine famose Korrektur. Es tut mir gut, mit ihm umzugehen. Es brennt solch ein Feuer in ihm für seine Kunst. Wenn er davon spricht, hat seine Stimme einen warmen vibrierenden Klang, daß es in mir selber bebt und zittert. Wenn er Dürer zitiert, so tut er es mit einer Feierlichkeit in Ton und Gebärde, als wenn ein frommes Kind seine Bibelsprüche hersagt. Sein Gott ist Rembrandt. Ihm liegt er voll Bewunderung zu Füßen und folgt inbrünstigen Schrittes seinen Spuren.

Grau ist die Welt um mich her und der Himmel blicket trübe. Leise träumend murmelt das Wasser. Bringt Unruhe meiner Seele. Ich wanderte dahin unter Birken. Und sie standen da in ihrer keuschen Nackheit. Sie erhoben gen Himmel ihre kahlen Zweige und fleheten um Glück inbrünstig im Gebet. Aber der Himmel blickt trübe und sie stehen still und trauern, leise, leise mit fromm gefalteten Händen. Leben – atmen – fühlen – träumen – leben.
Es umschlingt mich das Rätsel des Alls. Und ich setze mich nieder und schweige. Das Wasser rauscht und bringt Unruhe meiner Seele. In mir zittert es. In den Kiefern hängen blinkende Tropfen. Sind es Tränen?

An die Eltern

Liebsten,
ich lebe währenddem weiter, zeichne, zeichne, zeichne und sehne die Zeiten herbei, wenn ich das erst kann, was ich jetzt möchte. Eigentlich habe ich aber doch einen riesengroßen Malkater, den größten meines bisherigen Lebens. In diesem Klima scheinen solche Art Kreaturen zu gedeihen und sich üppig zu entfalten. So einsichtsvoll ist er aber doch, daß er neben sich noch feine, ganz eigene Stimmungen aufkommen läßt, die mir das Leben reich und schwerhaltig machen: einen Sonnenuntergang mit Glockengeläute, einen Besuch bei einem alten Weiblein mit einem Fuß schon in der andern Welt, die Gedanken noch einmal licht aufflackernd vor der großen Katastrophe. So erzählte sie in den schönen kräftigen Worten des Volkes mit halbgebrochenem Atem von Geburt, Heirat und Tod. Wenn diese Leute mal Gedanken haben, so lauscht man ihnen wie gebannt, meist reden sie aber nur Formel, nur leere Worte, um überhaupt zu reden. Das ist furchtbar und läßt die Gattung einem so niedrig erscheinen.
Jetzt ist die Zeit der Spinnstuben. Jetzt wandern die alten Weiblein von Haus zu Haus mit ihrem Spinnrad.
Die Männer verarbeiten dann die Wolle zu den Strümpfen. Sogar mein Garwes strickt in seinen freien Stunden ...
Die Menschen haben sich untereinander so innig lieb, hier eine Seltenheit, und lassen Welt Welt sein, was für sie so viel heißt wie Worpswede Worpswede.

Ich komme jetzt, glaube ich, in die rechte Worpsweder Stimmung. Die Versunkene-Glocke-Stimmung, die mich zuerst beherrschte, war süß, sehr süß; aber es war nur ein Traum, der sich tätig auf die Dauer nicht festhalten ließ. Dann kam die Reaktion und danach das Wahre: ernstes Streben und Leben für die Kunst, ein Ringen und Kämpfen mit allen Kräften. Mein ganzes Wesen ist wie durchsonnt, durchweht, berauscht, trunken von Mondschein auf lichtem Schnee. Schwer lagerte er auf allen Ästen und Zweigen. Tiefe Stille war um mich her. In die hinein fiel herab der Schnee von den Bäumen, ein leises Knistern, und wieder Frieden. Dies unbeschreiblich süße Gewebe von Mondschein und zartschneeigem Äther, das mich umgab. Die Natur sprach mit mir und ich lauschte ihr zitternd selig. Leben.

Tagebuch

Hier in der Einsamkeit reduziert der Mensch sich auf sich selber. Es ist ein sonderliches Gefühl, wie all das Bunte, Anerzogene, Geschauspielerte, was ich besaß, wegfällt, und eine vibrierende Einfachheit entsteht. Ich arbeite an mir. Ich arbeite mich um, halb wissentlich, halb unbewußt. Ich werde anders, ob besser? Jedenfalls vorgeschrittener, zielbewußter, selbständiger. Ich habe jetzt eine gute Zeit, fühle eine feine junge Kraft in mir, die mich jauchzen und jubeln macht. Ich arbeite fleißig, ermüde nicht und habe abends noch einen klaren Kopf, der etwas auffassen kann. Ich bin jetzt stolz und doch bescheidener als je, wenig eitel, da wenig Zuschauer vorhanden sind.

Das Leben ist mir gleich einem kräftigen knusperigen Apfel, in welchen die jungen Zähne mit Vergnügen beißen, sich ihrer Kraft bewußt und ihrer froh.

Mackensen sagt: Die Kraft ist das Allerschönste, am Anfang war die Kraft. Ich denke und erkenne es auch. Und doch wird in meiner Kunst die Kraft nicht Leitton sein. In mir fühle ich es wie ein leises Gewebe, ein Vibrieren, ein Flügelschlagen, ein zitterndes Ausruhen, ein Atemanhalten: wenn ich einst malen kann, werde ich das malen.

Draußen hält jetzt die Natur einen großen feinen Tanz. Es ist ein Windesbrausen, ein Regenpeitschen und Hagelschauern, eine Allgewalt und Urgewalt, daß der Mensch sich winzig klein fühlt und dann lacht, kampfbereit seine Kräfte zu messen an jenem unnennbaren Naturgeist, dessen kleinstes Atom dies trotzige Menschlein voll Unvernunft im Streben ausmacht.

Der Himmel lacht in köstlicher Bläue

An die Eltern

Liebsten,
da bin ich wieder auf meinem Landgut und bin da mit Freuden. Es ist auch eine Frühlingspracht um mich her. Der Himmel lacht in köstlicher Bläue, und aus den Taugewässern lacht es noch köstlicher wider. Die Lerchen tirelieren, und die Haselsträucher haben Kätzchen.
Mir jubelt mein Herz bei all der Schönheit. Schon der Marsch hier hinaus war eine Lust.
Außerdem ist ein allgemeiner Donnerstagskegelabend zur Taufe gehalten worden. Eigentlich bin ich ja gar nicht für Kegeln, namentlich nicht für Weiblein, aber man braucht einen materiellen Kitt für alle diese empfindlichen Gemüter. Sie sind so von der Einsamkeit verzogen. Beim Kegelschieben da steigen sie alle aus sich heraus, spielen eine lustige Rolle, und sind so heiter miteinander vereint. Bei einem ästhetischen Genuß bleiben sie in ihrer fein- und vielnervigen Hülle und reiben sich aneinander, sie sind zu verschieden und zu ähnlich.
Das ist die einzige Angst, die ich hier für mein Menschlein habe.
Ich glaube, ich werde mich von hier fortentwickeln. Die Zahl derer, mit denen ich es aushalten kann, über etwas zu sprechen, was meinem Herzen und meinen Nerven naheliegt, wird immer kleiner werden. Das schwindet wohl mit dem Alter, wenn der glühende Subjektivismus erlischt und das kalte elektrische Licht des Objektivismus aufgeht. Da kann man mit jedem sicher jedes sprechen. Und vor diesem schrecklichen Zustande bangt mir sehr.

An Kurt Becker

Mein lieber Bruder,
Es ist einmal wieder Abend, einmal wieder einer von meinen schönen Abenden. Dann ist mirs, als ob die ganze Welt mir offen stünde. Dann setze ich mich in meinen gemütlichen Stuhl, den Du ja kennst, denke nicht viel, doch auch nicht zu wenig, dieses Wenige aber intensiv, empfinde intensiv und freue mich leise, leise, daß ich Paula Becker bin.

An Marie Hill

Meine liebe Tante Marie,

Wenn ich drei Wochen in der großen Welt gewesen bin, dann werde ich mich ungeheuer freuen auf mein liebes Worpswede hier.
Ich bin lange in dunklen Abendwiesen herumgewandert, mit leuchtendem Himmel darüber. Nun ist es Nacht, Stille, nur vereinzeltes Hundegebell. Und in mir ist es still und still gehe ich nun zu Bett

In meinem alten lieben Nest

An die Eltern

Ihr lieben Menschen,

da sitze ich wieder in meinem alten lieben Nest, arbeite fleißig und denke vergangener und künftiger Zeiten, was wohl alles noch kommen und werden wird. Gut hat es mir, glaube ich, getan, die Dinge einmal von draußen zu betrachten und nicht immer von drinnen, ich meine unser Dörfchen mit seinem Drum und Dran.

Ich trete den Licht- und Schattenseiten meines jetzigen Lebens ein gut Teil bewußter jetzt gegenüber, innerlich und äußerlich. Und das ist ein Fortschritt.

Bei meiner Ankunft fand ich vieles verändert. Viel leichtes Gelichter, viel kleine Malweiblein haben ihren Einzug auf unserem Berg gehalten.

An Milly Becker

Liebe Schwester,
noch ein Wort vor dem Schlafengehn. Ich bin eben durch die Mondscheinnacht gelaufen. Es war sehr schön. ... Ich verlebe jetzt eine seltsame Zeit. Vielleicht die ernsteste meines kurzen Lebens. Ich sehe, daß meine Ziele sich mehr und mehr von den Euren entfernen werden, daß Ihr sie weniger und weniger billigen werdet. Und trotz alledem muß ich ihnen folgen. Ich fühle, daß alle Menschen sich an mir erschrecken, und doch muß ich weiter. Ich darf nicht zurück. Ich strebe vorwärts, gerade so gut als Ihr, aber in meinem Geist und in meiner Haut und nach meinem Dafürhalten.
Die Einsamkeit macht mich ein wenig bang in schwachen Stunden. Doch solche Stunden helfen auch weiter und zum Ziele. Du brauchst den Eltern dieses nicht zu zeigen. Es ist ein Anfall von Kleinmütigkeit, der eigentlich am besten unbesprochen bleibt.

Tagebuch

Des Nachts, wenn ich aufwache, und morgens, wenn ich aufstehe, ist es mir, als wenn etwas Traumhaft-Schönes auf mir liege. Und dann ist es doch nur das Leben, das mit seinen schönen Armen ausgebreitet vor mir steht, auf daß ich hinfliege.

Bei Brünjes, schön in der Stille

Tagebuch

Ein Abendspaziergang durch Schlußdorf. Die Ottelsdorfer Mühle auf düsterem, flimmerndem Himmel, davor Moor, wogendes Kornfeld. Don Quichotte auf einem Schimmel, rotbärtig.
Leute beim Torfmachen. Abendstimmung. Alles tief. Braun und blau mit dunkel eingesetztem Weiß und Rot.
Das Mädchen beim Schneiden mit eingebogenem Rücken und sehr sichtbaren Beckenknochen.
Liebesgarten. Abendstimmung. Rotleuchtende Kaiserkronen. Junges Paar. Er schwarz, sie weiß.
Ich wohne jetzt bei Brünjes in Ostendorf, schön in der Stille. Da versuche ich alles Eitle, was die Großstadt mit sich brachte, abzustreifen und einen wahren Menschen und eine feinfühlige Seele und eine Frau aus mir zu machen.

Tagebuch

Mir kamen heute beim Malen die Gedanken her und hin und ich will sie aufschreiben für meine Lieben. Ich weiß, ich werde nicht sehr lange leben. Aber ist das denn traurig? Ist ein Fest schöner, weil es länger ist? Und mein Leben ist ein Fest, ein kurzes intensives Fest. Meine Sinneswahrnehmungen werden feiner, als ob ich in den wenigen Jahren, die mir geboten sein werden, alles, alles noch aufnehmen sollte. Mein Geruchsinn ist augenblicklich erstaunlich fein. Fast jeder Atemzug bringt mir eine neue Wahrnehmung von Linden, von reifem Korn, von Heu und Reseden. Und ich sauge alles in mich ein und auf. Und wenn nun die Liebe mir noch blüht, vordem ich scheide, und wenn ich drei gute Bilder gemalt habe, dann will ich gern scheiden mit Blumen in den Händen und im Haar. Ich habe jetzt wie in meiner ersten Kinderzeit große Freude am Kränzebinden. Ist es warm und bin ich matt, dann sitze ich nieder und winde mir einen gelben Kranz, einen blauen und einen von Thymian.

Ich dachte heute an ein Bild von musizierenden Mädchen bei bedecktem Himmel in grauen und grünen Tönen, die Mädchen weiß, grau und bedeckt rot.

Ein Schnitter in blauem Blusenhemd. Der mäht all die Blümlein ab vor meiner Türe. Mit mir wird es auch wohl nicht mehr lange dauern. Ich weiß jetzt zwei andere Bilder mit dem Tod darauf, ob ich die wohl noch male?

An die Mutter

Meine Mutter,
es war ein schöner Abend. Ich habe gemalt, mich dann mit dem »Auch Einer« in den Heuhaufen gesetzt, und eigentlich mehr über ihn hinweg als in ihn hineingeschaut, denn es war eben zu schön. Und dann habe ich von Zeit zu Zeit laut aufgelacht, denn ich dachte der gestrigen Komödie, und die will ich Dir erzählen, auf daß Du auch lachest.
Nach einem ziemlich biederen Sonntag schlendern Clara Westhoff und ich zusammen durchs Dorf. Wir finden, der Tag darf nicht so geschlossen werden. Wir wollen tanzen. Aber wo und wie? Im nächsten Augenblick sind wir aber schon wieder bei der Kunst, bei Claras Kirchenengeln.
Also zur Kirche. Sie ist verschlossen. Nur der Turm steht offen. Wir ersteigen ihn zum erstenmal und sitzen nun beide oben auf den Balken neben dem Glockenstuhl. Und da kommt es uns. Wir müssen läuten. Wir schlagen nur einmal mit dem Klöppel an, es klingt zu verlockend. Da zieht Clara das Seil von der großen Glocke, und ich von der kleinen, und sie schwingen sich, und wir werden von ihnen geschwungen, hoch vom Boden empor, und es klingt und tönt und dröhnt über den Weyerberg, bis wir müde sind.
Das war auch gerade der Zeitpunkt, wo der längste aller Lehrer die steilen Treppen alle erstiegen hatte, und uns in seiner Länge zur Rede stellte. Als er aber zwei weißgekleidete Jungfrauen erblickte, lenkte er seine Schritte wieder abwärts.
Wir folgten ihm - und - - der ganze Kirchhof schwarz von Leuten. Wir hatten die Feuerglocke gezogen. Man hatte geglaubt, es brenne. Unten im Dorf war die Spritze eingespannt. Wir machten uns schnell aus dem Staube, wurden aber noch vom Pastor gestellt, der mit bleich schnaubendem Gesicht einige Male: Sacrosanctum! zischte. Wir haben ihn dann aber in einem Extrabesuch beruhigt.
Nun gings zum Zeitungsdrucker, auf daß wir nicht in die Zeitung kämen, schließlich nach Haus. Das gute Brünjespaar wartete meiner in Ängsten: »O, Fräulein, wat har ek en Angst hat, ek ben wohl hunnertmal vor de Dör wesen. Ek dacht, se haren Ehr insperrt«.
Und Frau Brünjes: »Ek har all jümmer seggt, de Grote, de kann dat af, aber us Fräulein, de holt sick en Krankheit in Loch.«
Die Nachbarn hatten sie schon getröstet, wir wären gewiß nach Bremen gegangen. Nun war das Weyerberggeläute Abendgespräch: »Hest des Lüern hört?« – »Jo.« – »Weest ok, weer dat don har?« – »Nee.« – »Fräulein Westhoff und Fräulein Becker.«
In Westerwede wurde Clara Westhoff mit Halloh aufgenommen, und Martin Finken wollte »fief Groschen geben, wenn er darbi wesen wär«, - und eine kleine bucklige Jungfrau, die zum Hausinventar gehört, und den ganzen Tag brummig Kartoffeln schält, wurde sonnig und lebhaft bei unserer Moritat.

Ich kam in das Land der Sehnsucht. Es war süß und lieblich anzuschauen. Die Sonne blickte hernieder von ihrem güldenen Stuhle am Firmament und ihr seidiges Goldhaar umrankte alles, was sie schaute. Es schlang sich kosig um die großen, knorrigen Kiefern. Und die alten Gesellen ließen es sich gerne gefallen. Sie fühlten sich jung und freudig unter dieser lieblichen Umarmung. Sie rührten sich nicht und standen still, als fürchteten sie, durch eine Bewegung diesen holden Zauber zu verscheuchen. Das Haar der Sonne ließ ihre Zweige und Äste gülden scheinen. Und sie freuten sich ihrer Schönheit. Und es schlang sich hin an die Ufer des Sees und spielte mit dem trockenen Ried. Es warf güldne Fäden hinaus auf den See, weit hinaus, ich konnte das Ende nicht erblicken. Es legte sich warm und weich um meine Brust, daß mein Herz langsam schlug und heilig, sich freudig bewußt, daß es lebte.
Ich blickte hin auf das Wasser. Meine Augen folgten den goldenen Fäden der Sonne. Ganz in der Ferne verschwanden sie. Sie tauchten unter in ein graues Blau. Es war nicht Wasser. Es war nicht Himmel. Es war ein Gewirr von grauen Schleiern, was sie aufnahm. Das durchgoldeten sie nicht. Es machte mich traurig, hinzublicken. Ich schaute wieder auf das Schilf und hörte sein leises Gekose.
Doch es zwang mich, wieder hinauszublicken in die Ferne. Ich sah wieder die grauen Schleier, sich leise bewegend. Und dahinter war es wie ein paar große, tiefe Augen, die schauten auf den Grund meiner Seele und verließen mich nicht mit ihren Blicken. Da ward meine Seele traurig. Und sie fragte die alten Kiefern: »Wem gehören diese tiefen Augen?« Und sie regten sich nicht, aus Furcht, den goldenen Zauber der Sonne zu verscheuchen. Und ich fragte das Ried. Aber es hörte meiner nicht und koste weiter.
Und ich blickte wieder hinaus in die Ferne, hin in die tiefen Augen. Meine Seele schrie und rief: »Wer bist du?«

Heute ist es fast winterlich

An Rainer Maria Rilke

Lieber Herr Rilke,

Sie haben mir in und trotz Ihrer Abwesenheit schöne stille Stunden bereitet durch das Skizzenbuch. Es war das Einzige, was ich in dieser Zeit lesen mochte. Wir hatten wundervolle Mondabende. Da saß ich in meinem Stüblein mit dem goldenen Licht und draußen atmete die blaue Mondnacht. Hatte ich dann des Schauens und Sinnens genug, so griff ich nach ihrem Büchlein. –
Heute ist es fast winterlich. Es hat geschneit und ein wilder Sturm beugt den Birken ihr Mütlein. Ich bin durch all das Gebrause und den klatschenden Regen gelaufen und habe gesungen und gejubelt, doch hörte ich meine Stimme kaum im großen Kampf der großen Elemente. Das deprimierte mich aber keinesfalls. Es war ja so natürlich.

An Rainer Maria Rilke

Wir warten auf Sie in der Dämmerstunde, mein kleines Zimmer und ich und auf dem roten Tische stehen herbstliche Reseden und die Uhr tickt auch nicht mehr. Aber Sie kommen nicht. Wir sind traurig. Und dann sind wir wieder dankbar und froh, daß Sie überhaupt sind. Dieses Bewußtsein ist schön. Clara Westhoff und ich, wir sprachen neulich darüber, daß Sie eine lebendig gewordene Idee von uns seien, ein erfüllter Wunsch. Sie leben stark unter unserer kleinen Gemeinde. Ein jeder von uns ist Ihnen dankbar zugekehrt und möchte Ihnen so gerne noch einmal Freude machen. Es geht so schön, Ihnen Freude zu machen, weil man es thut, ohne es zu merken und zu wollen. An unsern schönen Sonntagen sind Sie unter uns, sind wir bei Ihnen. Und so wird es bleiben.

An Rainer Maria Rilke

Nun haben Sie Ihr Skizzenbuch wieder. Es hat mir oft lieblich gesungen. Und hier ein Zipfelein von unserem Herbst. Die Kastanien sind von den gelben Bäumen vor meinem Fenster in meinen Rasen gerollt, da habe ich sie Ihnen aufgereiht. Bei mir hängt auch solch' ein braunes Kettlein an der Wand. Und nun reiche ich Ihnen die Hand für den zweiten Sonntagssang und bleiben Sie weiter unser lieber Freund.

An Rainer Maria Rilke

Meine Seele feiert heute auch keinen Sonntag. Sie weiß auch nicht, was sie heute feiert oder nicht feiert. Das weiß ich eigentlich nie. Sie ist verschleiert heut. Ein Nebel liegt auf ihr und macht sie unbeweglich. Und trotzdem schreibe ich Ihnen. Und Sie erlauben den Seelenalltag, nicht wahr? Und dulden ihn und schätzen ihn nicht gering?

Seele, die nach Freiheit lechzt

An die Mutter

Lies diesen Brief mit Milly durch und besprich ihn mit ihr, und versucht, Euch ein wenig in meine Seele zu versetzen, die nach Freiheit lechzt und ihre Fesseln sprengt. Es ist nicht Schlechtigkeit von ihr. Es ist auch nicht Schwachheit von ihr. Es ist Stärke. Es ist gut, sich aus Verhältnissen loszulösen, die einem die Luft benehmen.

Ich stehe hier, ich kann nicht anders. Amen.

Die Kastanie vor meinem Fenster

An Marie Hill

Liebe Tante Marie,
die Nachtigallen sind da. Es wird überhaupt immer, immer schöner, man glaubt kaum, daß es noch geht. Draußen die Kastanie vor meinem Fenster springt zusehends auf, und wir beiden roten Leutchen richten zur Hochzeit. Im Hause wird gestrichen und geklopft, und uns ist froh zumute.
Pfingsten ist unser Hochzeitstag.

Sommerlich heißer Tag

An Clara Rilke-Westhoff

Liebe, liebe Clara Westhoff,
Es ist ein sommerlich heißer Tag. Ich kehre gerade heim von den Tiebrucks mit dem Skizzenbuch. Dort ist es jetzt fein. Zwischen leuchtend gelben Hundeblumen und rührend kleinen blauen Gundermanns sitzen und knien und liegen und stehen und wühlen kleine Kinder und kleine Zicklein und Voges kleine Gänse. Und in der Ferne lacht es von blühenden Bäumen und jungen Birken. Da war es gut sein. In allerletzter Zeit denke ich wieder ganz intensif (sic!) an meine Kunst und ich glaube es geht vorwärts in mir. Sogar bekomme ich glaube ich ein Verhältnis zur Sonne. Nicht zu der Sonne, die alles teilt und überall Schatten hineinsetzt und das Bild in tausend Teile zerpflückt, sondern zu der Sonne, die brütet und die Dinge grau macht und schwer und sie alle in dieser grauen Schwere verbindet, auf daß sie eines sind. An das alles denke ich viel und es lebt in mir neben meiner großen Liebe. Es ist mal wieder eine Zeit, wo ich denke, ich werde einmal etwas sagen können, wo ich fromm bin und erwartungsvoll. In Otto Modersohn wird in dieser Zeit auch vieles Neu. Es nimmt mich so wunder, wie in ihm die Dinge werden. Sechs Wochen geht er nur herum mit seinem Piepchen und am 43. Tage auf einmal, da kommt es ans Licht. Er verwirft im Augenblick die meisten von seinen neusten Bildern. Ich weiß nicht, ob mit Recht. Aber was ihm vorschwebt ist ein immer tieferes Eindringen in die Natur. Und ich begreife mit Jauchzen diese Revolutionen, denn ich weiß auch garnicht, wohin sie führen so ist es doch genug für mich, zu sehn, wie da in meinem Lieben so viel, viel vorgeht. Und alles auf eine so ruhige Weise alles wie bei der Natur selber.

An Marie Hill

Liebe Tante Marie,
ich danke Dir für Deinen Brief und alle Deine lieben Worte. Ja, nun wird es Weihnacht, und Weihnachten ohne ihn. Zu Hause will Mutter ganz still sein und an ihn denken, und an all die anderen Weihnachten, die vorher waren. Sie ist sehr ruhig. Vaters Tod hatte so etwas Verklärtes. Diese letzte Zeit seines Lebens, in der er sorgenlos lebte. Er hatte die Arbeit für uns vor einem halben Jahre niedergelegt. Dieses letzte halbe Jahr war uns ein Geschenk und wir nahmen jeden Tag mit Bewußtsein auf. Vater hatte in seiner letzten Zeit eine große innerliche Ruhe, wie lange nicht vorher. Er sorgte sich nicht, was nach seinem Tode geschehen sollte. In ihm war es still, und er bereitete sich auf die große Stille vor. In der Nacht, in der er uns eingeschlummert war, hatte er einen wunderbar friedlichen Ausdruck, der ins Erhabene wuchs. Im Ausdruck von Mund und Stirn lag ein Leben ohne Falsch vor uns. Ich glaube, wir müssen stille sein. Der Wille geschehe. --- Wir alle sind durch dieses Scheiden noch enger aneinander gewachsen. Liebet Euch untereinander, das war sein Wille.

PAVLA
MODERSOHN-BECKER
1876-1907
GOTT

Tagebuch

Ich habe manchmal an mein Grab gedacht und wie ich es mir anders denke als das andere. Es muß gar keinen Hügel haben. Es sei ein viereckig längliches Beet mit weißen Nelken umpflanzt. Darum läuft ein kleiner sanfter Kiesweg, der wieder mit Nelken eingefaßt ist und dann kommt ein Holzgestell, still und anspruchslos, und da, um die Wucht der Rosen zu tragen, die mein Grab umgeben. Und vorne im Gitter, da sei ein kleines Tor gelassen, durch das die Menschen zu mir kommen, und hinten sei eine kleine anspruchslose stille Bank, auf der sich die Menschen zu mir hinsetzen. Es liegt auf unserem Worpsweder Kirchhof, an der Hecke, die an die Felder stößt, im alten Stück, nicht im Zipfel. Auf dem Grab stehen vielleicht zu meinen Häupten zwei kleine Wacholder, in der Mitte eine kleine schwarze Holztafel mit meinem Namen ohne Datum und Worte.
So soll es sein. Daß da eine Schale stünde, in die man mir frische Blumen setzte, das wollte ich auch wohl.

An Marie Hill

Liebe Tante Marie,
wenn ich Dir sehr selten schreibe, so mußt Du den Grund nicht in unserem Verhältnis, sondern in meiner Natur suchen, die, wie ich glaube, dürftig in ihren Äußerungen ist. Wenn ich verlobt wäre, würde ich, glaube ich, auch weniger schreiben als die meisten Bräute.
Ich sitze im Augenblick in meinem Kämmerlein von ehedem und ich kann wohl sagen, daß ich hier meine glücklichsten Stunden verlebe. Da tue ich etwas, oder ich denke daran, was ich tun werde, oder was in letzter Zeit geschah. Oder ich lese.

Tagebuch
Es tropft und tropft und tropft vor meinem Fenster. Das ist die schmelzende Eiskruste. und gibt ein wäßriges schwimmendes Getön. Und draußen auf der Apfelwiese vor meinem Fenster ist der Schnee nur noch gebreitet wie weiße Laken und die Seele fühlt, er wird schwinden.

Tagebuch

In meinem ersten Jahre der Ehe habe ich viel geweint und es kommen mir die Tränen oft wie in der Kindheit jene großen Tropfen. Sie kommen mir in der Musik und bei vielem Schönem, was mich bewegt. Ich lebe im letzten Sinne wohl ebenso einsam als in meiner Kindheit.

Diese Einsamkeit macht mich manchmal traurig und manchmal froh. Ich glaube, sie vertieft. Man lebt wenig dem äußeren Schein und der Anerkennung. Man lebt nach innen gewendet. Ich glaube, aus solchem Gefühle ging man früher ins Kloster. Da ist denn mein Erlebnis, daß mein Herz sich nach einer Seele sehnt, und die heißt Clara Westhoff. Ich glaube, wir werden uns ganz nicht mehr finden. Wir gehen einen anderen Weg. Und vielleicht ist diese Einsamkeit gut für meine Kunst, vielleicht wachsen ihr in dieser ernsten Stille die Flügel. Selig, selig, selig.

Ich empfange den Frühling draußen mit Inbrunst. Er soll mich und meine Kunst weihen. Er streut mir Blumen auf meine Stunden. Ich fand an der Ziegelei gelben Huflattich. Die habe ich viel mit mir herumgetragen und habe sie gegen den Himmel gehalten, wie ihr Gelb dort tief und leuchtend stand.

An die Mutter

Meine liebe Mutter,
Daß Du bei Deinem letzten Besuche uns doch morgens um fünf Uhr durchgebrannt warst! Das war ganz gegen unsere Worpsweder Kur, deren Hauptfaktor Ausschlafen ist. Ich freue mich immer, daß Otto mit derselben tiefen Kindlichkeit schläft wie ich, hauptsächlich in dieser Sommerzeit, wo wir des Tags viel herummalern. Sogar nach dem Abendbrot stürzen wir uns noch selbander hinüber ins Armenhaus und malen Farbenstudien von der Kuh, der Ziege, der dreibeinigen Alten und all den Armenkindern, die für meine Gefühle die einzigen Individuen hier sind, die singen. Sonst hört man Singen nur von betrunkenen Leuten, so wenig liegt der Sang diesen schweren Schlagen.
Es ist hier heute sehr heiß, was Du wohl diesem Briefe abliest. Trotz alledem kommt mein Meister und holt mich zum Malen ab: Badende Jungens. Dafür ist es heute ein Wetter.

In mein liebes Atelier geflüchtet

An die Mutter

Meine liebe Mutter,

es ist Sonntagmorgen und ich habe mich in mein liebes Atelier geflüchtet und sitze nur ganz allein in meinem lieben Brünjes-Häuselein, dessen ganze Einwohnerschaft zur Kirche gegangen scheint, so daß ich mir eins der klapprigen Fenster erbrechen mußte, um dadurch meinen Einzug zu halten.

Meine Mutter. Es wird in mir Morgenröte und ich fühle den nahenden Tag. Ich werde etwas. Wenn ich das unserem Vater noch hätte zeigen können, daß mein Leben kein zweckloses Fischen im Trüben ist, wenn ich ihm noch hätte Rechenschaft ablegen können für das Stück seiner selbst, das er in mich gepflanzt hat! Ich fühle, daß nun bald die Zeit kommt, wo ich mich nicht zu schämen brauche und stille werden, sondern wo ich mit Stolz fühlen werde, daß ich Malerin bin.

Es ist eine Studie von Elsbeth, die ich gemacht habe. Sie steht in Brünjes Apfelgarten, irgendwo laufen ein paar Hühner und neben ihr steht die große blühende Staude eines Fingerhutes. Welterschütternd ist es natürlich nicht. Aber an dieser Arbeit ist meine Gestaltungskraft gewachsen, meine Ausbildungskraft. Ich fühle deutlich, wie nach dieser Arbeit noch manches andere Gute kommen wird, was ich im Winter noch nicht wußte. Und dies Fühlen und Wissen ist beseligend. Mein lieber Otto steht dabei, schüttelt den Kopf und sagt, ich wäre ein Teufelsmädel und dann haben wir beide uns von Herzen lieb und jeder spricht von der Kunst des anderen, dann aber wieder von der seinen.

Tagebuch

Ich glaube, man müßte beim Bildermalen gar nicht so an die Natur denken, wenigstens nicht bei der Konzeption des Bildes. Die Farbenskizze ganz so machen, wie man einst etwas in der Natur empfunden hat. Aber meine persönliche Empfindung ist die Hauptsache. Wenn ich die erst festgelegt habe, klar in Form und Farbe, dann muß ich von der Natur das hineinbringen, wodurch mein Bild natürlich wirkt, daß ein Laie gar nicht anders glaubt, als ich habe mein Bild vor der Natur gemalt.
Ich habe in diesen Tagen so recht gefühlt, was für mich Farbenstimmung ist: daß alles auf dem Bilde seine Lokalfarbe wechselt nach dem gleichen Prinzip, daß alle gebrochenen Töne dadurch eine einheitliche Verwandtschaft erhalten.

An die Mutter

Meine liebe Mutter,
daß ich so in Deiner Nähe bin und doch nicht bei Dir! Ich weiß mich nicht hier aus meinen Häuschen wegzustehlen, ohne daß die drei übrigen Insassen trübselig verwaist sind. Otto hat in dieser Zeit eigentlich mehrmals täglich mein Gesicht nötig. Elsbeth macht ihm viel zu viel Radau und ist ihm deshalb nicht sehr sympathisch. So muß ich immer das Öl sein, das die Wogen glättet.

Bei uns hat der Winter Einzug gehalten

Worpswede, 30. November 1903

An Milly Becker

Meine liebe Schwester,
bei uns hat jetzt der Winter Einzug gehalten. Es friert tüchtig und in ein paar Tagen kann man sicherlich Schlittschuh laufen. Ich sitze in meiner lieben Brünjesschen Klause. Es dämmert. Der Mond steht schon hell am Himmel und vor meinen Fenstern liegt unser geliebter Berg. Elsbeth und ich haben eben zusammen einen Bratapfel verzehrt. Man fühlt es nun schon Weihnachten.

In unser braunes Wohnzimmer...

An Milly Becker

Ich bin so tollkühn gewesen und habe mich mit meinem Brief in unser braunes Wohnzimmer gesetzt. Die muß ich eigentlich immer bei Brünjes schreiben. Da habe ich mein Denken und Fühlen näher zusammen. Hier kommt Elsbeth alle Augenblicke mit allerhand kleinen Anliegen und ich fürchte, daß mein Brief dadurch Löcher bekommt.

So daß die Vögel sich alle täuschen ließen

An Luise Modersohn

Liebe Mutter,
Nun ist es gerade ein Jahr, daß wir bei Euch so schön vereint Deinen siebzigsten Geburtstag feiern konnten. Dies Jahr müssen wir Worpsweder die Wünsche schriftlich bringen, aber unsere Gedanken werden Dich an Deinem heutigen Fest-tage herzlich begleiten. Möge der liebe Gott auch in Deinem neuen Lebensjahre Deine Gesundheit erhalten, möget Ihr an Euren Kindern ungetrübte Freude erleben, das wünsche ich Dir von ganzem Herzen, liebe Mutter.
Wir haben jetzt bei uns wahre Frühlingstage gehabt. Die Sonne schien so freundlich und warm, so daß die Vögel sich alle täuschen ließen und ihren Frühlingsgesang anstimmten. Es wird aber wohl wieder Schnee und Eis zurückkehren und die vorschnellen Sänger zum Schweigen bringen.

An Otto Modersohn *Morgens 11 Uhr, den 15. April 1904*

Lieber. Wie ich Dir adieu sagte, da hatte ich ungefähr so ein Gefühl wie Elsbeth, wenn sie uns glücklich in den Wagen gesetzt hat und nach Bremen abfahren sieht, und denkt, daß sie nun einen ganzen Tag oder zwei vor sich hat, an denen ihr niemand etwas verbietet. Ich fühle mich so göttlich frei. Und wie ich über den Berg ging und den Lerchen zuhörte, da hatte ich in mir so ein stilles Lächeln und ein wenig kam über mich das Gefühl: »Was kostet die Welt«, wie man es als Mädchen oft hat. Weißt Du gerade, daß Du im Hintergrund meiner Freiheit stehst, das macht sie so schön. Wenn ich frei wäre und hätte Dich nicht, so gelte es mir nichts. Nun denke ich mir schon aus wie ich ganz nach meinem Gutdünken diese paar Tage verbringen kann. Erst mal habe ich mir schon ganz was Reizendes zum Essen bestellt: Kalten, süßen Reis mit kalten Schnittäpfeln und Rosinen. – Elsbeth hustete heute Morgen nicht viel. Ich hoffe, daß die Erkältung nicht schlimmer wird. Ich habe ihr all ihre Puppenkleider heraus gegeben und nun vergnügt sie sich die Schar ihrer Puppen in verschiedenen Roben erscheinen zu lassen. Regnen thut es auch nicht, und unsere Wäsche flattert lustig im Winde. Und dann bin ich hingegangen und habe mir Anemonen ausgegraben und sie in unsern kleinen Wald gepflanzt. Die sollen nun blühen, wenn Du wiederkommst. In Deinem Atelier bin ich auch gewesen.

An Milly Becker

Liebe Schwester,
Mein Mann ist nach Münster gereist zu seines Vaters Geburtstag. Und ich bin nach Brünjes gezogen und spiele Paula Becker, habe eben auf meinem kleinen Petroleumofen Thee gekocht und lasse nun die linde Frühlingsnacht durch all meine Fenster und all meine Poren in mich einströmen. Dazu habe ich mir meinen »Goethes Briefwechsel mit einem Kinde« mit genommen, ein Buch von dem wenige Seiten genügen, wenn ich hoch gestimmt bin, mich noch höher zu stimmen. Und so geschah es mir auch heute. Mir ist so lieblich wundersam zu Mute, halb bin ich Paula Becker noch, halb spiele ich sie. Jedenfalls steckte und steckt noch unter diesem Strohdache ein großes Teil von meinem Glücke. Ich habe wohl in meinem ganzen Leben keine Wohnung so geliebt.

Bei uns wird es nämlich jetzt Frühling. Was das heißt für unsere Seelen, das könnt Ihr Italiener Euch wohl kaum denken. Zu fühlen, daß das wonach man lange heimlich darbte, daß das naht, dieses sind wohl die seligsten Augenblicke im Leben. Mir scheint der Besitz ist nicht so rein beglückend, als die Augenblicke, die uns zu ihm führen sollen. Ist er selbst da, so bringt er neue Pflichten und neue Wünsche mit sich. Vielleicht kann man dieses auch auf den Frühling anwenden, vielleicht hinkt es. Jedenfalls kommt er plötzlich und lieblich und strahlend nach lange andauernden Sturmtagen, und so ein Menschlein wie ich macht seine Arme und sein Herz auf und versucht so viel hineingeht aufzufangen. – Ich bin gar kein Lampenmensch. Wohl dulde ich noch solche Tage wie heute, wo ich bei der Lampe schreibe, aber wo alle Fenster geöffnet sind, und wo man das Gefühl hat, daß draußen die Schöpfung leise rauscht. Dieses süße Rauschen wird dann entzwei geschnitten durch das Bellen eines Hundes oder den sehnsüchtigen Walzer, den das schwellende Herz eines Bauernjungens in die Stille der Nacht hineinpfeift. – Vor einer Stunde flötete noch die Natur, das Rotkehlchen und die Amsel. Und in vier Tagen werden die Nachtigallen flöten, flöten, flöten, denn sie kommen am Zwanzigsten. Aber dann werde ich dieses liebe liebe Junggesellenquartier wohl wieder verlassen haben.

Nach dem Gartenberge

An Otto Modersohn

Lieber, weißt Du wo ich vergangene Nacht geschlafen habe? Bei Brünjes. Es war ganz reizend. Ich kochte mir meine Eier auf meinem kleinen Petroleumofen wie in alten Zeiten. Dann saß ich mit meinen beiden Fenstern weit offen bis zehn Uhr. Zuerst sang die Amsel noch und das Rotkehlchen. Nachher schwiegen auch sie. Nur durch den Abend klang es leise wie die Stimmen der erwachenden Natur. Zwischendurch tönte noch die Stimme eines Hundes.
Ich hänge an diesem Stübchen wohl so wie Du an Deiner Junggesellenbude bei Grimm. Das Schlafen, das Aufwachen, nachts das Kettenklirren der Kühe, und morgens die Hahn- und Hühnerstimmen. Dann ging ich heute Morgen nach dem Gartenberge, setzte mich so hin (auf mein Skizzenbuch), daß ich Villa Mackensen nicht sehen konnte und hatte wieder eine schöne Stunde. Wir haben wunderbares Wetter. –
Elsbeth hat nun doch ihre Erkältung bekommen. Ich behalte sie im Hause, gebe ihr Kurts Medizin und Nachts einen Umschlag. Hoffentlich geht es bald vorüber.

Die Birken nehmen ihre zarten grünen Schleier um

An Marie Hill

Meine liebe Tante Marie,

Bei uns kommt der Frühling etwas später als bei Euch, aber es ist auch schon ganz wunderbar. Die Birken nehmen ihre zarten grünen Schleier um und drunten auf der Erde liegen die weißbesternten Anemonenkissen. Und dann die blühenden Weidenkätzchen! Mir ist es jedesmal wieder so neu, und so viele Freuden, die man ganz vergessen hatte, ziehen einem durchs Gemüte. Dann plappern ganz dicht vor unserem Kammerfenster des Morgens die Stare und ein Rotschwänzchen hat auch unter unserm Dach gebaut.

Otto war jetzt vier Tage in Münster bei seinen Eltern. Da habe ich Paula Becker gespielt und in meinem früheren kleinen weißen Bettchen unter dem Strohdach geschlafen. Das machte mir einen Heidenspaß. Nachts hörte ich die Kühe mit ihren Ketten klirren wie in alten Zeiten und morgens weckten uns die gackernden Hühner. Mittags kam ich dann zu Besuch nach Hause, da hatte ich uns allerhand kindliche Speisen bestellt.

An Marie Hill

Meine liebe Tante Marie,
bei uns will dieses Jahr kein Winter kommen. Es ist immer Frühlingswetter, entweder starke Frühlingsstürme oder sanfter Frühlingsregen oder linder Frühlingssonnenschein. Mir will diese Zeitlosigkeit gar nicht gefallen. Ich sehne mich, einmal ordentlich Schlittschuh zu laufen und die Lungen voll starker reiner Luft zu pumpen. Otto ist eigentlich bei jeglichem Wetter zufrieden, er hat es insofern besser. Haben sie Dir von Bremen aus geschrieben, daß ich Ende Januar wohl nach Paris komme? Ich freue mich ganz kolossal darauf, lebe innerlich eigentlich in Gedanken nur darauf hin. Es ist sonderbar, daß ich von Zeit zu Zeit eine so riesige Sehnsucht nach Paris bekomme. Das rührt wohl davon her, daß unser Leben hier sich meist nur aus inneren Erlebnissen zusammenbaut, da bekommt man manchmal starke Sehnsucht, äußeres Leben um sich her zu haben, aus dem man sich immer flüchten kann, wenn man es gern möchte.

Elsbeth geht in die Dorfschule

An Marie Hill

Meine liebe Tante Marie,

Von uns ist das Gewöhnliche zu melden, es geht uns sehr gut. Elsbeth geht hier jetzt in die Dorfschule und kann schon die unmöglichsten Wörter schreiben und die Schöpfungsgeschichte erzählen, auch 2 – 1 rechnen, so daß die Fundamente zu ihrer Kulturmenschwerdung gelegt sind, was ihr bis jetzt noch Freude macht. Außerdem hat sie ein weißes Kaninchen, das sie an seinen langen Ohren hin- und herschleppt, und dem sie unentwegt Futter pflücken muß, indessen ich, wenn ich nicht male, schlafe oder esse, zwei hungrigen Elstern die Kehlen vollstopfe. Otto zieht währenddessen herum mit einem Glashafen voll Laubfrösche, denen er Brummer fängt und einem anderen Glashafen voll Molchen, Wasserkäfern und Fischen, denen er eigentlich Regenwürmer fangen sollte, was er aber schlecht kann. Außerdem fangen in unserem Garten die Rosen und Nelken zu blühen an, was für ihn und uns immer eine schöne Zeit bedeutet. Außerdem ist Malen eine schöne Kunst, die schwer geht.
Das ist so ungefähr der Stand der Dinge hier.

Aus Otto Modersohns Tagebuch 1903 – 1905

Mit Paula eine gründliche fundamentale Aussprache gehabt. ... Unser Leben ist zu eintönig, philisterhaft geworden. Da leidet Paula sehr darunter. Sie fühlt sich so beengt dadurch. Ich ging erst dagegen an – mit Unrecht. Paula hat recht. Was machte die erste Zeit unserer Ehe so fein, das rege, aktive Leben, das inhaltvolle, das Erleben, davon sind wir sehr abgekommen – ein großer Fehler. Worpswede: Man sumpft ab, man versauert zu leicht hier. ... Was hat mir Paula alles gebracht und wie fühlte ich mich glücklich: das Baden, Luftbaden, Touren nach Fischerhude, Eispartien etc. – wie war das wunderbar und Paula war die Seele all dieser Dinge. Die Abende auf dem weißen Saale, die Rendez-vous bei Brünjes, nachts um 12, 1 Uhr bei jedem Wetter übern Berg – wie reich, königlich reich fühlte ich mich. Welche Anregungen menschlich und künstlerisch. Ich malte ja nichts Gutes in der Zeit, aber das lag nicht daran. Jetzt habe ich mich herausgearbeitet. ... Aber mein Leben muß reicher, aktiver, erlebnisreicher werden. Ich folge darin Paula, sie hat sehr gute Instinkte. ... Ich will jede Gelegenheit freudig ergreifen, Paula wirds mir mit ihrer Liebe danken. Ich werde mich jünger halten, ich werde menschlich und künstlerisch nur Vorteile davon haben. Ich bin auch nicht mehr gegen reisen, wenn ich Geld habe.

Im Frühling ziehen Otto und ich wieder heim

An Milly Rohland-Becker

Meine liebe Schwester,

Im Frühling ziehen Otto und ich wieder heim. Der Mensch ist rührend in seiner Liebe. Wir wollen versuchen, Brünjes zu kaufen, um unser Leben freier und breiter um uns zu gestalten, mit allerhand Getier um uns herum. Ich denke jetzt so: wenn der liebe Gott mir noch einmal erlaubt, etwas Schönes zu schaffen, will ich froh und zufrieden sein, wenn ich einen Ort habe, wo ich in aller Ruhe arbeiten kann, und will dankbar sein für das Teil Liebe, was mir zugefallen ist. Wenn man nur gesund bleibt und nicht zu früh stirbt.

Liebe, daß es Euch so gut geht! Ich habe sehr oft an Dich und das Kleinste gedacht. Man muß nur warten können, das Glück kommt schon. Nur laß es Dir ganz einerlei sein, ob es ein Junge oder ein Mädchen ist. Findest Du uns denn nicht auch fein?

Otto ist gerade bei Hoetger, der ihn modelliert. Ich bekomme einen Abguß davon. Die beiden verstehen sich mit der Zeit sehr gut. Otto erhofft von diesem Winter vieles für seine Kunst. Es gehen ihm neue Dinge auf.

Das ist mir eine große Beruhigung, daß es so ist.

An Rainer Maria Rilke

Lieber Rainer Maria Rilke,
Ich bin ein schlechter Briefschreiber, bin überhaupt einer, bei dem es langsam geht, der warten läßt und selber wartet. Erwarten Sie nur nichts von mir. Sonst enttäusche ich Sie vielleicht, denn ehe ich etwas bin, das dauert vielleicht noch lange. Und wenn ich es dann bin, dann bin ich vielleicht nicht das, was Sie dachten. Ich möchte ja gerne etwas Schönes, man muß nun abwarten, ob der liebe Gott oder das Schicksal es auch will. Ich glaube, das Beste ist man geht seinen Weg wie im Traume.
Paris ist immer die Gleiche. Trotzdem freue ich mich es Ostern zu verlassen. Ich werde wieder nach Worpswede gehen. Hoffentlich ist alles gut so.

An Rainer Maria Rilke

Ich sitze wieder in meinem kleinen Atelier bei Brünjes mit den grünen Wänden und unten hellblau. Ich gehe denselben Weg hierher wie in alten Zeiten und mir ist wunderlich zu Mute. Dies ist für mich die liebste Stube aus meinem ganzen Leben. Ich habe Wünsche zu arbeiten, um so mehr als ich die letzten Monate in Paris auch nichts that. Nur habe ich in unsern allerletzten Tagen Cézanne gesehen, Wunderschönes aus seiner Jugend. Der Salon d'Automne wird ja eine Sonderausstellung von ihm machen, da werden Sie sich dran freun können.

Lebensdaten

1876 *Am 8. Februar wird Paula als drittes von sieben Kindern in Dresden-Friedrichstadt geboren. Ihre Eltern sind der Ingenieur Carl Woldemar Becker und seine Ehefrau Mathilde, geborene von Bültzingslöwen.*

1888 *Die Familie siedelt nach Bremen über und bezieht ein Haus in der Schwachhauser Chaussee 29, heute Schwachhauser Heerstr. 23.*

1892 *Paula beginnt, Zeichenunterricht zu nehmen. Auch während eines Verwandtenbesuchs in England besucht sie Zeichenkurse.*

1893 *Paula besucht das Bremer Lehrerinnenseminar.*

1895 *Paula schließt die pädagogische Ausbildung mit gutem Examen ab. In der Bremer Kunsthalle werden Bilder der Worpsweder Maler ausgestellt.*

1896 *Paula besucht in Berlin einen Kurs an der Zeichen-Malschule des Vereins Berliner Künstlerinnen.*

1897 *Paula fährt zum ersten Mal nach Worpswede.*

1898 *Paula siedelt nach Worpswede über, wo sie sich mit Clara Westhoff anfreundet. Beide sind Schülerinnen bei Fritz Mackensen.*

1899 *Paula unternimmt Reisen nach Berlin, München, Leipzig, Dresden und in die Schweiz. Im Dezember stellt sie gemeinsam mit Marie Bock in der Bremer Kunsthalle aus und erntet vernichtende Kritik.*

1900 *In der Silvesternacht reist Paula erstmals nach Paris, wo sich auch Clara Westhoff aufhält. Paula nimmt Malunterricht an der Privat-Akademie Colarossi und an der École des Beaux-Arts. Sie entdeckt die Kunst Paul Cézannes. Während Modersohn, Vogeler und Overbeck sich ebenfalls in Paris aufhalten, stirbt Helene Modersohn am 14. Juni in Worpswede. Im Juli kehrt Paula nach Worpswede zurück, wo sie sich am 12. September heimlich mit Otto Modersohn verlobt.*

1901 *In Berlin besucht Paula eine Kochschule zur Vorbereitung auf die Ehe. Am 25. Mai heiraten Paula und Otto Modersohn. Sie unternehmen eine Hochzeitsreise nach Berlin, Dresden, Schreiberhau, Agnetendorf, Prag, München und Dachau. In Worpswede leben sie gemeinsam mit Modersohns Tochter Elsbeth in der Hembergstraße.*

1903 *Paula fährt im Februar zum zweiten Mal nach Paris, wo sie ihre Studien im Louvre fortsetzt und sich für die frühe ägyptische Kunst interessiert. Mit dem Ehepaar Rilke-Westhoff besucht sie Rodin. Ende März kehrt sie nach Worpswede zurück.*

1905 *Paula reist zum dritten Mal nach Paris, wo sie sich von Februar bis April aufhält. Sie sieht dort Werke von Gaugin, van Gogh und Matisse.*

1906 *Mit dem Entschluss, sich endgültig von Otto Modersohn zu trennen, reist Paula am 23. Februar erneut nach Paris, wo sie ein Atelier am Boulevard Montparnasse bezieht. Sie studiert Kunstgeschichte und Anatomie an der École des Beaux-Arts, trifft Bernhard Hoetger und dessen Ehefrau Lee sowie Rainer Maria Rilke, den sie im Mai portraitiert. Paula beschließt, weiterhin mit Otto in Worpswede zusammenzuleben.*
Beide haben eine gemeinsame Ausstellung in der Bremer Kunsthalle. Sie ernten positive Kritik.

1907 *Im Frühjahr kehren Paula und Otto Modersohn nach Worspwede zurück. Am 2. November wird die gemeinsame Tochter Mathilde, genannt Tille, geboren. Am 20. November stirbt Paula an einer Embolie. Die von Bernhard Hoetger angefertigte Skulptur »Werden und Vergehen« schmückt erst seit dem Jahr 1917 Paulas Grab auf dem Worpsweder Friedhof.*

SMALL ANIMALS

Michael Chinery and Ian Jackson

Kingfisher Books

Educational advisers: Mary Jane Drummond,
Cambridge Institute of Education, Cambridge
Iris Walkinshaw, Headteacher, Rushmore Infants School, London

Kingfisher Books, Grisewood & Dempsey Ltd,
Elsley House, 24–30 Great Titchfield Street,
London W1P 7AD

This reformatted edition first published in 1992
by Kingfisher Books
10 9 8 7 6 5 4 3 2 1

Originally published in 1988 as *Stepping Stones 456: Small Animals*
by Kingfisher Books

British Library Cataloguing in Publication Data
A catalogue for this book is available
from the British Library.

ISBN 0 86272 930 0

Edited by Vanessa Clarke
Editorial assistant: Camilla Hallinan
Designed by Ben White
Cover designed by Pinpoint Design Company
Phototypeset by Southern Positives and Negatives (SPAN),
Lingfield, Surrey
Printed and bound in Portugal

Contents

Finding Small Animals

Thousands of animals live in and around your home but you will have to look very carefully to find them.

In this garden it does not look as if there are any animals. But there are hundreds. They are difficult to see because they are so small. And most of them are hiding because it is daytime.

The animals in this book are all smaller than this house mouse.

Small animals are hunted by birds and other larger animals. Many of them would be eaten if they did not hide, so during the day we have to look hard for them.

Try looking for them yourself in the summer. You can see them more clearly if you use a magnifying glass.

In the House

These three different animals lay their eggs in houses. Carpet beetles lay their eggs under woollen carpets. The larvae which hatch from the eggs eat the carpet wool. When they are fully grown the larvae change into beetles. The beetles fly outside.

Clothes moths lay their eggs in woollen clothes and blankets because their larvae feed on wool too. The adult moths do not eat at all.

clothes moth larva

The woodworm is the larva of a small brown beetle called a furniture beetle. The beetle lays its eggs in tiny cracks in furniture and other wood, including dead trees.

When the larvae hatch out of the eggs, they chew tunnels through the wood. They live in the tunnels until they turn into beetles. The adult beetles chew neat little holes to get out of the wood and fly away.

woodworm eggs

woodworm larva

furniture beetle

Bluebottles

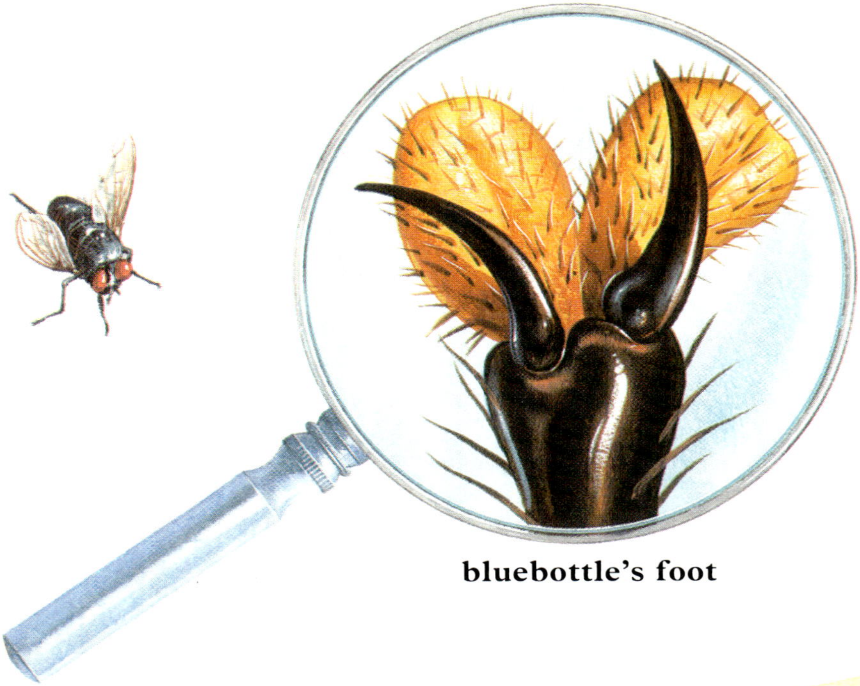

bluebottle's foot

You often hear flies even when you can't see them. But flies do not have voices. The buzzing noise is made by their wings moving up and down.

These flies are bluebottles. They are also called blowflies. They can walk on ceilings, walls and windows because they have tiny claws and suction pads on their feet.

This bluebottle has come into the house to look for food. When it finds some food, it dribbles saliva over it to make it liquid. Then it mops up the liquid with a spongy pad around its mouth. The saliva leaves little brown stains.

Centipedes and Woodlice

Centipedes and woodlice like damp dark places outside the house. They hide during the day because they don't like dry air and light.

This centipede has thirty legs but some have more than a hundred legs. Centipedes leave their hiding places at night and hunt other small animals.

centipede catching a moth

Woodlice trundle about at night. They nibble the plants that grow on stones and tree trunks. You can find them easily under flowerpots and stones and in tiny cracks in walls during the day. But remember to put them back where you found them because woodlice die quickly in dry air.

As they grow bigger, woodlice have to change their skins. They grow a new skin and crawl out of the old skin which is too tight. This woodlouse is wriggling out of the back half of its old skin.

Garden Ants

Ants live together in big nests called colonies, which they build under paths and large stones. In each nest there is one large female who lays all the eggs. She is called the queen. The other ants are called workers. They build the nest, keep it clean, collect food, and look after the queen and her eggs and larvae.

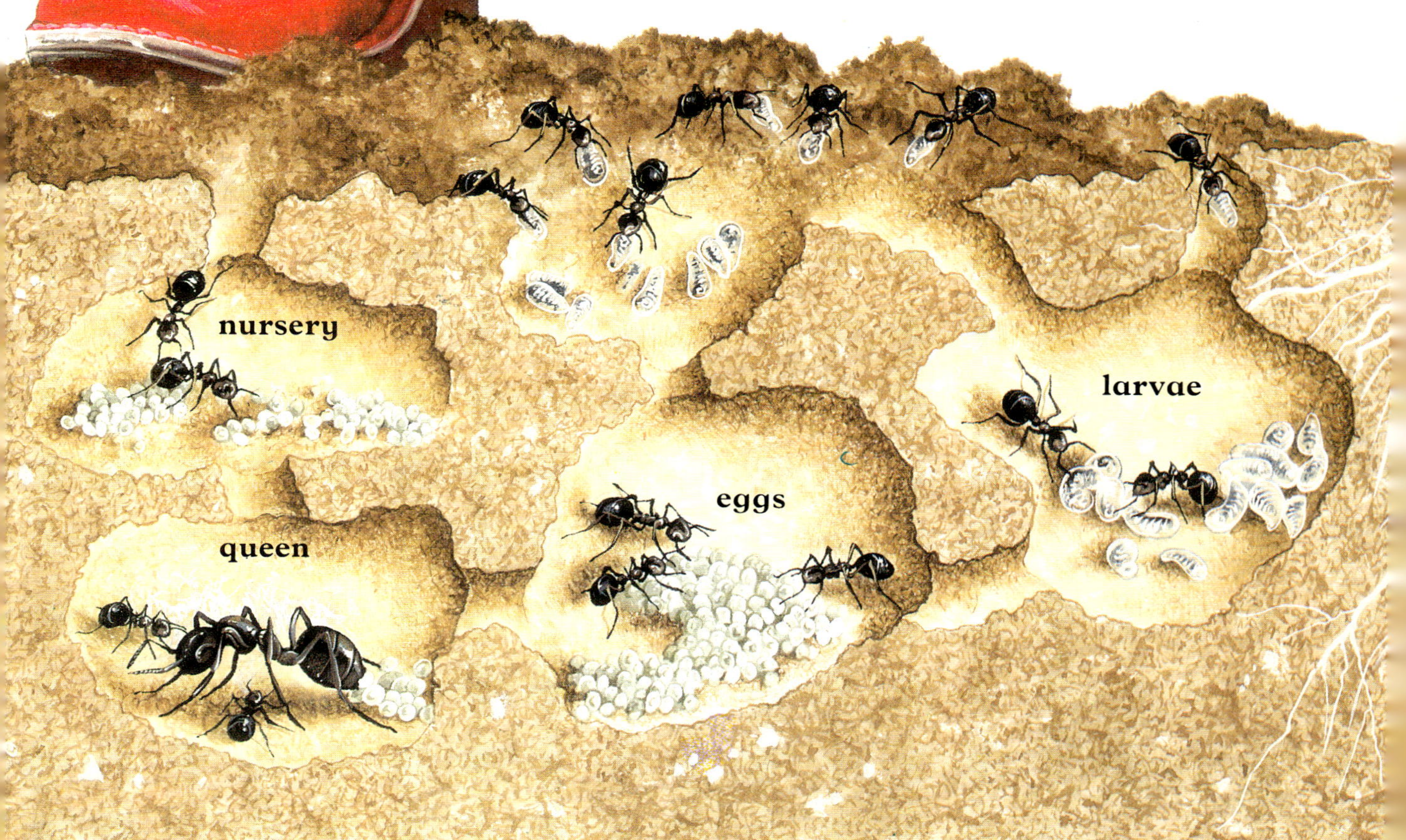

When the workers find some greenfly, they milk them like cows. They do this to get the sweet honeydew that the greenfly make in their bodies.

The ant nest has lots of rooms called chambers. The upper ones are the nurseries where the larvae live. If you disturb a nest the workers hurry to the nurseries and carry the larvae to a safe place lower down in the nest.

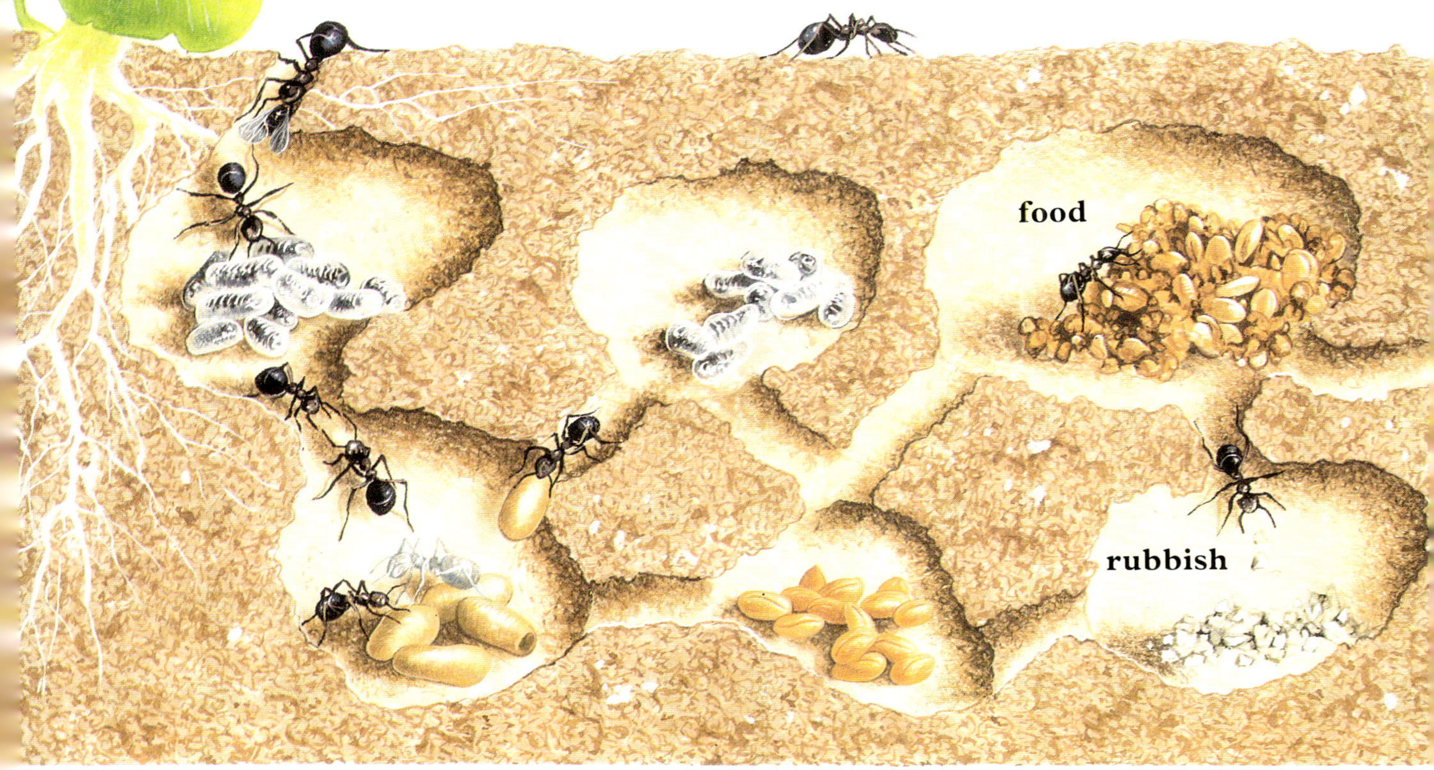

Earthworms

Earthworms live under the ground where there is soft damp soil. They make tunnels by swallowing mouthfuls of soil. Then they digest the tiny bits of dead plants in the soil. The rest of the soil passes right through their bodies and ends up in little heaps on top of the ground. These are called wormcasts.

You can feel a worm's tiny bristles if you stroke it gently.

On warm damp nights worms often search for food above the ground. They keep their tail ends in their burrows. Then they drag dead leaves into their tunnels to eat later. Tiny bristles on their undersides help worms to grip the soil so they can shoot back underground if they are disturbed. But sometimes a thrush is too quick for hem.

In the Grass

Most of these animals use camouflage to stop other animals from finding and eating them. The caterpillar of the small skipper butterfly rolls a leaf into a tube and hides inside it. Young froghopper bugs make blobs of froth to hide in. The froth is often called cuckoospit, but it has nothing to do with cuckoos at all.

The leafhopper and the grasshopper are hard to see because they are green like the grass. The meadow plant-bug is easy to see, but birds know that it has a nasty taste and they leave it alone. The bombardier beetle does not need camouflage. It defends itself by squirting poisonous gases.

Honeybees

These honeybees are collecting nectar and pollen from flowers. They suck up the nectar to take back to the hive where they live, and they carry the pollen on their hind legs. Thousands of honeybees live in a hive which contains thousands of wax cells. There is one queen bee. Most of the bees are workers.

Worker bees make the cells out of wax from their bodies. They store pollen in some cells. They turn nectar into honey and store it in other cells.

The queen lays an egg in each empty cell and tiny larvae hatch out in about three days. Workers feed them with honey and pollen for about nine days. Then the larvae are fully grown and workers cover the cells with wax. The larvae turn into new bees about ten days later.

The youngest workers keep the nest clean, but as they get older they start to feed the next batch of larvae. Later on they become builders. Only the oldest workers go out to collect nectar and pollen.

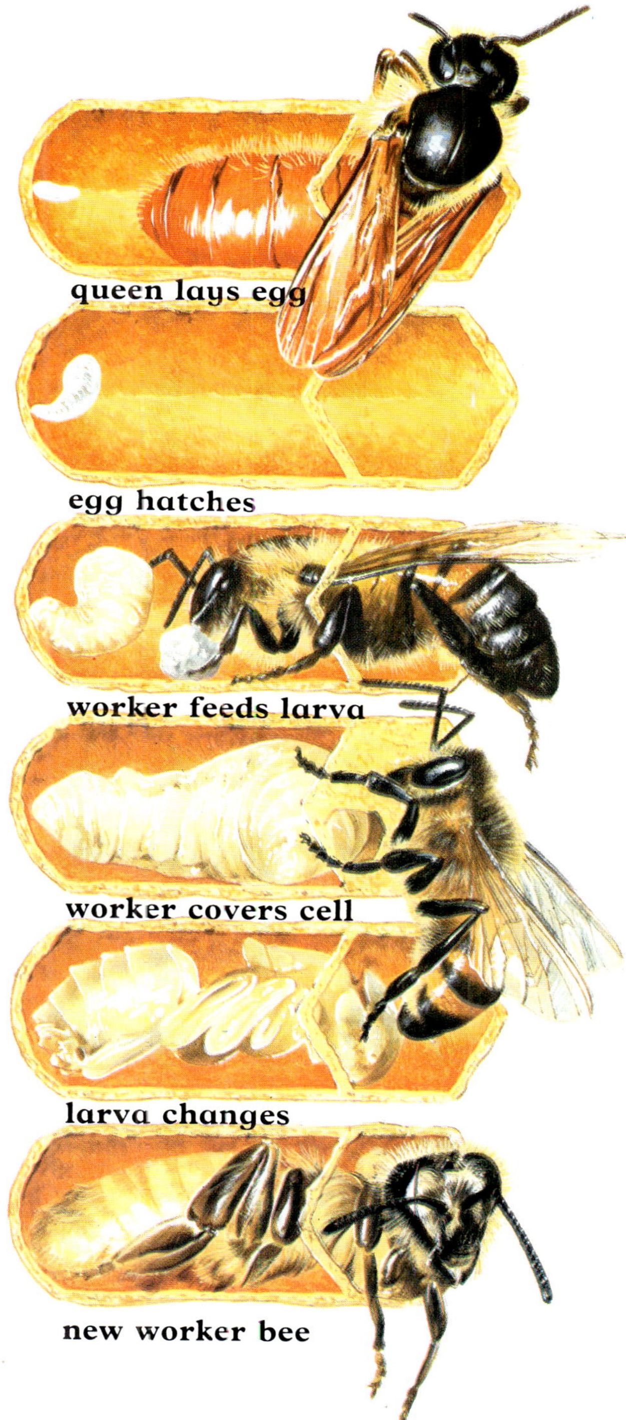

Butterflies

This is a red admiral butterfly. It uses its tongue like a tiny straw to suck nectar from flowers. When the butterfly is not feeding it keeps its tongue curled up under its head.

The female red admiral lays her eggs on stinging nettles. A spiky caterpillar hatches from each egg. It rolls up leaves to make a little tent and feeds inside it. When it is fully grown the caterpillar hangs upside-down and turns into a chrysalis. The butterfly is formed inside the chrysalis. When it is ready it breaks out and flies away.

butterfly
laying
an egg
egg
hatching
caterpillar
making a tent
breaking
out of the
chrysalis
chrysalis
caterpillar
feeding

Ladybirds and Snails

Ladybirds are the gardener's friends because they eat the greenfly which damage plants. Their larvae eat greenfly too. Different kinds of ladybirds have different numbers of spots, but they all have two pairs of wings. The spotty part of the ladybird is the front pair of wings. The back pair of wings is folded up underneath. You see both pairs only when a ladybird is flying.

snail feeding

snail laying eggs

Snails usually curl up inside their shells in the daytime. They look for food at night. Snails lay soft round eggs. Tiny snails hatch from them. Unlike baby ladybirds, baby snails look just like their parents.

baby snails

laying eggs
ladybird eating greenfly
eggs hatching
pupa
young ladybird
larva eating greenfly

Garden Spiders

This garden spider makes a web shaped like a wheel to trap flies and other insects. The web is made of very fine threads of silk which the spider pulls from the back of its body. The circular threads are coated with glue to trap the insects. The spider does not get trapped because it walks only on the spokes of the web and these are not sticky.

spinning a life-line

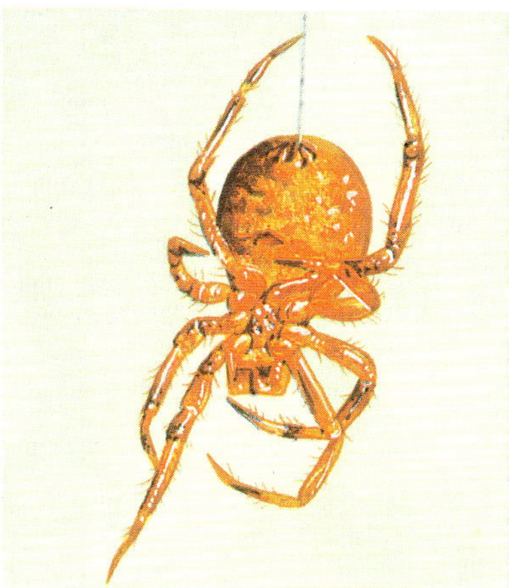

wrapping eggs

spiderlings hatch

If spiders fall they spin silken life-lines to save themselves. Female spiders wrap their eggs in silk. Baby spiders use tiny threads of silk as parachutes to float away to other parts of the garden.

Wasps and Earwigs

Wasps live in large colonies. Each colony has a queen. In the early summer wasps are busy collecting caterpillars and other small animals to feed the thousands of larvae in the nest. By the end of the summer these larvae have all grown up and the wasps have no more work to do. They spend their time munching fruit and other sweet things. In the autumn nearly all the wasps die.

Earwigs like fruit too and often nestle in the hollows around the stalks of apples in the daytime. They come out to feed at night.

If you pick up an earwig it will wave its pincers at you. It is trying to frighten you but it cannot hurt you.

Earwigs wave their pincers to frighten off other animals.

The Garden at Night

Lots of the small animals we have read about come out of their hiding places at night when the air is cooler and damper. Centipedes and woodlice climb walls and tree trunks to look for food. Earwigs feed on flower petals and snails browse on tiny plants. Snails leave silvery trails of slime which show you where they have been.

Most birds sleep at night but small animals still have to watch out for other hunting animals. Hedgehogs and mice search for slugs and beetles, and bats swoop through the air to catch moths.

Night-time Visitors

Bluebottles and most other flies settle down to sleep when it gets dark, but this is when the daddy-long-legs wakes up. It often comes through the window and then buzzes noisily as it tries to get out again. Some people are frightened of daddy-long-legs, but they cannot hurt you.

Long-legged house spiders often fall into the bath at night while looking for places to hang their webs. They need help to get out again because they cannot climb up the steep sides. House spiders cannot hurt you. But some mosquitoes bite. Sometimes at night you can hear the whine of their

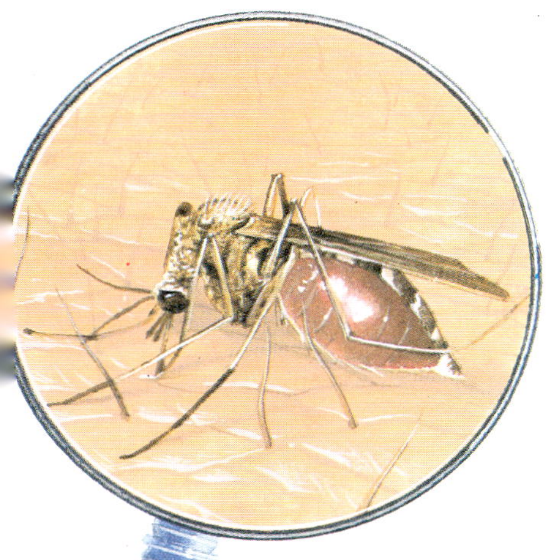

mosquito feeding

wings. Male mosquitoes feed on nectar but female mosquitoes feed on blood. They have mouths like injection needles which they stick into skin.

Listen hard and you may hear other noises. A house is full of sounds at night. Perhaps a mouse will scamper through the roof or under the floorboards. Even if you cannot see them, small animals are all around you.

Index